오늘을 위대하게

내 영혼을 깨우는 일지희망편지 100선

오늘을
위대하게

일지 이승헌 지음

한문화

아침에 꽃 한 송이

누구나 가슴속에 스스로를 꽃피우고자 하는 꿈이 있습니다.
일생에 한 번은 그 꽃을 피워야 합니다.
그것이 우리가 이 지구에 온 까닭입니다.

저마다 가슴속에 있는 한 송이 꽃을 피우기 바랍니다.
자신의 참가치를 깨닫고 활짝 피어날 때
그 꽃 향기가 주변을 물들이고 세상을 물들입니다.
그 향기가 바로 세상을 향한 당신의 사랑입니다.

꿈을 찾고 실현하고자 하는 모든 분들께
아침에 꽃 한 송이를 드립니다.

일지 이승헌

차 례

가장 가깝고도 먼 존재

이 세상에서 가장 가까우면서도
가장 먼 존재는 누구일까요?
가족이나 친구를 떠올릴 수도 있지만
그들보다 더 가까운 존재가 있습니다.
바로 '나' 자신입니다.

타인을 아는 것보다 훨씬 더 어려운 것이
나 자신을 아는 것입니다.
보고, 듣고, 느끼는 우리의 모든 감각이
늘 바깥을 향해 있기 때문입니다.

어떻게 하면 내 안에 있는
본래의 '나'를 만날 수 있을까요?
아주 간단한 방법이 있습니다.
자신의 이름을 불러주는 것입니다.
마음을 담아 자신의 이름을 불러보세요.
다른 사람이 아닌, 내가 나를 부를 때
느낌이 달라집니다.
자신이 더 귀하게 느껴집니다.

거울 속의 나를 향해 이름을 부르며
스스로에게 용기와 힘을 주세요.
그렇게 자신을 축복해주세요.

진실로 나 자신과 만날 때,
우리는 더욱 충만해지고 행복해집니다.

내가 누구인지 안다는 것

자기 자신에게 물어보십시오.
'나는 누구이며, 나의 주인은 누구인가?'

당신이 갖고 있는 수많은 정보 중에서
진정한 자신을 알려주는 정보가 있습니까?
음악을 듣고, 책을 읽고, 여행을 하며
많은 것을 보고, 듣고, 느끼지만
그것은 자신의 참 모습과는 관계가 없습니다.

정말 중요한 것은 '나는 누구인가'에 대한 답입니다.
스스로에게 그 질문을 할 때부터 새로운 삶이 시작됩니다.
그에 대한 답은 자기 자신이 발견해야 합니다.
어떤 사람도, 어떤 책에서도 가르쳐줄 수 없기 때문입니다.

내가 누구인지 스스로 발견했을 때
세상을 보는 눈이 정확해지고
인생의 참다운 주인이 될 수 있습니다.

셀프 격려

우리 뇌는
믿는 만큼 반응하고,
기대하는 만큼 부응하고,
격려하는 만큼 고무됩니다.

내 주변에 늘 나를 믿고
격려해주는 사람이 있으면 좋겠지만,
그렇지 않다고 해도 실망할 필요가 없습니다.

나를 믿어주는 사람이 없으면
내가 나 자신을 믿으면 되니까요.
아무도 내게 기대하지 않고 격려하지 않는다면
내가 나에게 전폭적인 기대와 격려를 보내면 됩니다.

뇌는 가상과 현실을 뚜렷이 구분하지 않습니다.
남이 보내는 지지나 내가 보내는 지지가
뇌 입장에서는 별 차이가 없으니
스스로를 마음껏 격려하세요.

평생 던져야 할 질문

사람은 살아가는 동안
모든 것을 버려야 합니다.
생의 마지막 순간에는 자기가 쓰던
칫솔 하나도 가지고 갈 수 없으니 말입니다.

문제는 '어떤 목적을 위해 버리느냐' 하는 것입니다.
버리는 공부를 하기 위해서는
자신에게 항상 던져야 할 질문이 있습니다.

그 질문은 "나는 왜 사는가?"입니다.
자신에게 계속 묻다 보면 나름의 답이 나옵니다.
그 답을 통해 자신이 지금
어떤 기준으로 살고 있는지 알 수 있습니다.

지금 당장 생각해서 하는 대답은 거짓입니다.
1년 후, 10년 후에도 변하지 않을 답이라야 진짜입니다.
머리로만 생각해서 나온 답은 달라질 수 있습니다.
오직 본성本性*에서 나오는 답만이 변하지 않습니다.

"나는 왜 사는가?"
자신에게 평생 던져야 할 질문입니다.
그 질문을 던지며 살아가면
무엇을 버려 무엇을 얻어야 할지 알게 됩니다.

* 본성 : 생명의 근원이자 생명의 실체

Life is Nothing

내 삶에는 의미가 없다고 비관하는 분들이 있는데
삶에는 본래 아무런 의미가 없습니다.
태어났으니 살아갈 뿐,
시작도 끝도 없는 생명의 순환을 따라
우리도 함께 순환할 뿐입니다.

삶에 미리부터 정해진 어떤 의도가 있는 것은 아닙니다.
삶에는 정말 아무런 의미가 없습니다.
이것을 철저하게 깨달아야 합니다.

그렇다고 의미 없는 삶의 허망함에 좌절하지는 마십시오.
그 철저한 의미 없음을 자각하는 것이
무한한 창조가 시작되는 지점이기 때문입니다.
내 삶에 향기와 빛을 더해줄 가치 있는 꿈에 대해 성찰하고
그 꿈을 향해 나아가십시오.

의미는 주어지는 것이 아니라
스스로 부여하는 것입니다.

자연은 서두르는 법이 없다

천지가 이렇게 오랫동안 존재하는 이유는
태양과 달이 자신의 궤도를 지키며
때가 되면 정확하게 뜨고 지기 때문입니다.
자연은 서두르는 법이 없습니다.
오직 사람만이 허겁지겁 움직입니다.

누구나 자신만의 삶의 궤도가 있습니다.
남과 비교하지 않고 스스로 선택한 삶의 궤도를
성실하게 지키는 가운데 깨달음이 있습니다.

남에게 커 보이는 가짜가 되려 하지 말고
작더라도 진짜가 되려고 노력하십시오.
작은 진짜가 되어서 점점 더 키워가면 됩니다.
겉은 화려하지만 언젠가는 변색될 도금을 위해
당신의 귀한 생명과 시간을 낭비하지 마십시오.

당신 안에 도금할 필요가 없는 순금의 본성이 있습니다.
천천히 호흡하면서 마음의 평화를 찾고
자신을 관觀하는 가운데 생각하고 행동하십시오.

내 탓입니다

남 탓을 할 때가 있습니다.
누구 때문에, 누가 잘못해서
지금 내가 이렇게 되었다고
핑계를 대고 미워할 때가 있습니다.

그런데 잘 살펴보면
이 모든 것은 내가 선택한 결과입니다.
내가 만든 것입니다.
이것을 인정하는 것이 중요합니다.

남 탓을 하면 마음은 홀가분하겠지만
어떤 변화도 일어나지 않습니다.
누가 뭐라 해도 내 인생의 주인은 나입니다.
그것을 자각할 때 변화가 시작됩니다.

어떤 불리한 상황에 처해 있든
주인의식을 가지고 새롭게 마음을 세워보세요.
그래야 다음 단계로 나아갈 수 있습니다.

무엇보다
남 탓하고 원망하며 살기에는
우리 인생이 너무나 짧습니다.

들숨과 날숨

우리의 생명은 숨을 들이쉬면서 시작될까요,
내쉬면서 시작될까요?

인간은 태어날 때
"으앙!" 하고 숨을 내쉬면서 첫울음을 터트리며
세상에 자신의 탄생을 알립니다.
그 울음과 함께 아이의 작은 폐를 채우고 있던 숨이 나가고
그 자리에 공기가 들어오면서
세상에서의 첫 호흡을 하게 됩니다.
생명체와 위대한 자연이 교감을 시작하는 첫 순간입니다.

호흡이라는 단어는
내쉴 호呼와 마실 흡吸이라는 두 글자가 결합한 것으로,
생명은 자신을 비움으로써 시작합니다.
생명의 리듬은 비워진 자리를 다시 채우는 동시에 시작됩니다.

내 안에 머금고 있던 숨을 내보냄으로써
자연의 위대한 공기를 얻는 것.

우리 삶에 이 생명 순환의 원리를 접목시키면
삶이 다른 모습으로 다가올 것입니다.

최고의 사랑

자기 자신에 대한 사랑이 충분하면
우울증이나 불안으로 고통받지 않습니다.
정서적으로 깊은 안정과 평화를 느낍니다.

자신을 사랑한다는 것은
위대한 일이고, 축복입니다.

당신 안에 있는 참자기를 만나
진정으로 사랑할 수 있을 때,
세상도 사랑할 수 있습니다.
자신을 사랑하지 않으면서
세상을 사랑한다는 것은 모순입니다.

당신 안에 있는 위대한 사랑을 찾으십시오.
영원한 인생의 동반자인 자신과
깊은 사랑, 최고의 사랑을 하십시오.
Love myself!

내면으로 들어가려면

자신의 내면으로 들어가려면
먼저 불안함을 정복해야 합니다.
더 높은 차원의 자아가
자신에게 있다는 사실을 믿어야 합니다.
참자아는 마음의 평화를 통해서만 만날 수 있습니다.

깨끗하게 정돈된 방에서 물건을 찾는 것과
난장판으로 어지럽혀진 방에서 물건을 찾는 것 중
어느 쪽이 더 쉽겠습니까?

명상은 어지러운 마음의 방을 정돈해서
우리가 미로 속에서 헤매지 않고
참자아를 만날 수 있도록 안내해줍니다.

마음의 영점 맞추기

우리는 저울에 물건을 올려놓고 무게를 달아
그 물건의 가치를 파악하곤 합니다.
무게가 정확하려면
저울의 영점이 잘 맞춰져 있어야 하지요.

우리들 마음속에도 각자의 저울이 하나씩 있습니다.
그런데 이 저울은 아무것도 올려놓지 않은 상태에서도
이미 자신만의 무게가 실려 있는 경우가 많습니다.
각자의 관념들, 기억들, 해소되지 못한 감정이나 상처들…

처음에는 영점이 잘 맞춰져 있었을 텐데
언젠가부터 자신이 지고 다니는 무게 때문에
사물을, 사람을, 상황을
편견 없이 바라보지 못하는 경우가 생깁니다.
그래서 오해가 생기고 다툼이 벌어지기도 합니다.

계산기를 사용할 때,
한 계산을 마치고 다른 계산을 하려면 0에서 시작하듯
평소에 의식적으로 마음의 영점을 조절하는 노력이 필요합니다.

영점 조절이 잘 되었을 때,
일도 관계도 자연스럽게 균형을 회복할 수 있고
좋은 판단을 내릴 수 있습니다.

있는 그대로 바라보기

생각과 감정은 에너지의 변화를 일으킵니다.
지금 이 순간에도
우리 뇌와 마음속에서는
수많은 생각과 감정이 일어나고 있습니다.
이를 잘 다스릴 수 있으려면
마음이 과거나 미래로 가지 않고
지금 현재 일어나고 있는 것을
분별이나 집착 없이 고요히 지켜볼 수 있어야 합니다.

생각이나 감정을
애써 변화시키거나 없애려 하지 않고,
좋다 싫다 평가하지 않고 있는 그대로 지켜보면
생각이나 감정은 차츰 잦아듭니다.

어느 것에도 집착하지 않고
내 안에서 일어나는 여러 생각과 감정들을
고요하게 지켜보는 마음에는
모든 것을 치우침 없이
균형 상태로 되돌려 놓는 힘이 있습니다.

담담한 마음

상상은 행동을 통해 현실이 되고,
현실은 꿈을 통해 미래를 창조합니다.
더 나은 내일을 원한다면 마음껏 상상하세요.
꿈꾸고 행동하는 것을 두려워하지 마세요.

주어진 현실이 자신에게 우호적이든 그렇지 않든
모든 것은 미래를 창조하기 위한 과정입니다.
그러니 자신이 처한 상황을 담담하게 바라보세요.

담담하다는 것은
어떤 상황에서도 쉽게 흥분하거나 놀라지 않고
차분하게 바라보는 태도입니다.
담담함은 마음의 여유에서 비롯합니다.

담담한 마음을 가질 때,
어떤 환경에서도 자신에게 필요한 가치들을 발견하고
주어진 환경을 기회로 활용할 수 있습니다.
삶의 모든 순간에 의미가 있음을 알게 됩니다.

용이 돼지를 싫어하는 이유

어느 날 제자가 물었습니다.
"스승님, 왜 그냥 보기만 해도 미운 사람이 있을까요?
그리고 왜 그 사람은 나에게
미움을 살 만한 짓만 골라서 할까요?"

나는 제자의 눈을 조용히 바라보며 대답했습니다.
"용과 돼지는 서로 코가 닮아서 싫어한단다."

처음에는 고개를 갸웃거리던 제자가
이내 무릎을 '탁' 치며 웃음을 터트렸습니다.

천하의 영물인 용이
세상의 천덕꾸러기인 돼지를 싫어한답니다.
코가 닮았다는 이유로 말입니다.
우리가 누군가를 싫어하거나 미워하는 것은
'너무 달라서'일까요,
아니면 내가 싫어하는 나의 일부를
'너무 닮아서'일까요?

오늘은 왜 자신을 인정하고 사랑하는 것이
타인과 세상을 포용하고 사랑하는 길인지
용과 돼지의 코를 떠올리며 생각해보면 좋겠습니다.

인생 무대

연극에 막이 오르고 내리는 시간이 있듯이
우리 인생도 그렇습니다.
우리는 인생이라는 무대 한가운데에서
각자의 시나리오를 들고 서 있는 주인공입니다.
내 발길이 닿는 곳 전부가 무대이고,
만나는 사람 모두가 배우입니다.

하지만 시나리오를 잃어버린 사람은
자신이 관객인지, 배우인지, 연출가인지
자기 역할을 모릅니다.
그래서 그저 관객으로 남의 무대만 구경하면서
세상을 흘러 다닙니다.
이 연극은 자신이 주인공이 될 수 있는
세상에서 가장 훌륭한 작품인데도 말입니다.

오늘이 가기 전에 자신에게 한번 물어보세요.
'올해 나는 어떤 연극을 무대에 올렸는가?'
'앞으로 나는 어떤 역할을 하는 주인공이고 싶은가?

그리고 꼭 기억하기 바랍니다.
우리는 모두 자기 인생 무대의 연출가이자
주인공이라는 사실을.

호박 농사

어릴 적 심각한 집중력 장애를 겪었습니다.
당시 담임 선생님은 '가능성이 없다'고 하셨지만
교육자이셨던 아버지는 늘 아들에게
'넌 대기만성형이야'라고 말씀하셨습니다.

대학에 두 차례 연거푸 떨어졌습니다.
처량한 삼수생이 되어 하릴없이 동네를 걷다가
다리 밑에 높다랗게 쌓인 쓰레기 더미를 보았습니다.
오랫동안 방치되어 악취를 풍기며 썩어가고 있었습니다.

순간 그 쓰레기 더미에 내 모습이 겹쳐 보였습니다.
뱃속에서 뭔가가 울컥 치받았습니다.
더는 이렇게 살면 안 된다는 내 안의 호통이었습니다.

즉시 집에서 지게와 삽을 챙겨 들고
마을 근처 산으로 향했습니다.
산자락에 구덩이를 파고,
다리 밑에서 지고 온 쓰레기로 구덩이를 메웠습니다.
몇날 며칠을 무겁게 지게를 지고 오가니

어깨에 붉은 피멍이 들었습니다.

쓰레기로 구덩이를 다 메우고 나서는
흙을 덮은 자리에 호박씨를 뿌렸습니다.
그해 여름, 호박이 주렁주렁 열렸고
이웃들과 나눌 수 있었습니다.

쓰레기가 쓰레기로 끝나지 않고 거름으로 쓰인 것처럼,
모든 것에 '가치'가 깃들어 있다는 그날의 깨달음은
살면서 내게 큰 위안이자 힘이 되었습니다.

가치는 정해져 있거나 누가 부여하는 것이 아니라
스스로 발견하고 창조하는 것임을
몸으로 터득한 귀한 시간이었습니다.

한 번 더

길 끝에 이르렀다고 생각될 때,
한 걸음 더 내디뎌보길 바랍니다.
최선을 다했다는 생각이 들 때
한 번 더 시도하십시오.
그 한 걸음이 새로운 길을 만들고,
그 한 번의 시도가 최고를 만듭니다.

한 번 더 관심을 갖고 확인하고,
한 발짝 먼저 다가서고,
한 번 더 이해해보려 노력하고,
한 번 더 시도해보려는 의지와 마음!

그 한 번이 큰 차이를 만듭니다.

실패는 없다

안 되는 건 없습니다.
될 때까지 하면 됩니다.
실패는 없습니다.
실패도 성장의 한 과정일 뿐입니다.

이러한 신념이 당신 내면에
단단하게 자리 잡고 있다면
무엇이든 됩니다.

모든 일은 그냥 되는 게 아니라,
당신이 '된다'고 하니 되는 것입니다.

무슨 일이든 그냥 일어나는 것이 아니라,
당신이 '선택'했기에 일어나는 것입니다.

괜찮아요

다 괜찮습니다.

모든 일에는 의미가 있고,
모든 상황에는 이유가 있고,
모든 어려움 뒤에는 깨달음이 있습니다.

지금 자신에게 주어진 상황을
감사한 마음으로 온전히 받아들이세요.
장애물 너머의 희망을 볼 수 있는 눈을 뜨세요.

인생의 발명

꿈은 아직 이루어지지 않은 현실입니다.
하지만 어떤 이들의 마음속에서는
그 일이 벌써 이루어져 있습니다.

현실 속에서는 아직 이루어지지 않았지만
마음속에서는 이미 이루어진 그 일을 보며
자신을 과감히 던질 수 있는 사람,
그가 진정 용기 있는 사람입니다.

인생에 정답은 없습니다.
기성품의 형태로 존재하는 인생이
어딘가에 따로 있어서
그것을 발견해야 하는 것은 아닙니다.

인생은 자기 본성의 목소리를 따라
자기만의 것으로 '발명'하는 것입니다.

복을 받는 법

자기가 원하는 대로
복을 받을 수 있는 방법이 있습니다.

첫째, 아침에 일찍 일어나는 것입니다.
가슴이 뜨거운 사람은 아침에 일찍 일어납니다.
아침에 일찍 일어나기 힘들다면
먼저 꿈을 갖고 자신에게 희망과 용기를 주기 바랍니다.

둘째, 항상 긍정적인 마음을 갖고 밝게 웃으십시오.
우리는 만나는 사람과의 관계 속에서
행복과 성공 또는 불행과 실패를 경험합니다.
내가 먼저 기쁨을 전하면, 더 큰 행복이 찾아옵니다.

셋째, 작은 일에도 감사하는 마음을 표현하기 바랍니다.
'감사합니다' '진심으로 감사합니다'라고 말할 때마다
감사한 일들이 생겨날 것입니다.

넷째, 문제가 있을 때 피하거나 감추려 하지 마십시오.
'제가 잘못했습니다' '제 책임입니다'

'제가 해결하겠습니다'라고 당당하게 말하기 바랍니다.
그럴 때 진정으로 존경받는 리더가 될 수 있습니다.

날마다 이렇게 스스로 행복을 창조하며
당당하게 복을 받기 바랍니다.

상상을 현실로

인생을 창조하는 힘은
바로 우리 뇌 속에 있습니다.

뇌는 상상을 현실로 만드는
위대한 창조성이 있기 때문에
자신이 원하는 꿈을 머릿속에 새기고
계속해서 생각하고 행동하다 보면
그 꿈은 머지않아 현실이 됩니다.

그러나 행동으로 옮기지 못하는
상상 속의 꿈은 그저 꿈으로 남을 뿐입니다.

꿈이 꿈으로 남지 않기 위해서는
무엇보다 자기 뇌에 대한 신뢰가 중요합니다.
그 신뢰는 나에게 당면한 많은 장애를
의지를 가지고 극복해 나갈 때 생겨납니다.

그런 체험이 쌓이기 시작하면 그때부터
뇌를 쓰는 새로운 습관이 형성되면서

상상을 현실로 만드는 힘이 생깁니다.
뇌를 운영하고 활용하는 습관이 형성되는 것입니다.

행복에 대한 착각

진정한 행복은
보다 행복한 삶의 조건을
만드는 것이 아니라
행복해야 한다는 강박에서
자유로워지는 것,
행복의 조건 자체로부터
자유로워지는 것입니다.

기쁨의 공식

맛있는 음식을 먹을 때는
아주 맛있다며 감탄을 하십시오.
아름다운 음악을 들을 때는
행복한 표정까지 얼굴에 담아 말로 표현하십시오.

누군가에게 도움을 받았을 때는
상대의 눈을 바라보며
감사의 마음을 말로 전하십시오.
누군가에게 사랑하는 마음을 느꼈을 때는
사랑한다는 말을 가슴에서 꺼내서 하십시오.

뇌는 긍정하고 표현하면
더 깊이, 더 넓게 느끼게 해줍니다.
그래서 표현하는 것이 중요합니다.

기쁨을 만들어 내는 공식은 간단합니다.
작은 일에도 기쁨을 표현하면
그 기쁨이 모여 더 큰 기쁨을 만들고,
행복을 창조하고, 평화를 느끼게 해줍니다.

감정 조절하기

수영을 배우지 못한 사람에게는
물이 두려운 대상이지만
수영을 잘하는 사람에게는 즐기는 대상입니다.

감정도 이와 같습니다.
감정을 조절할 수 있는 사람에게 감정이란
두렵고 어려운 대상이 아닙니다.

우리 뇌는 감정을 조절할 수도 있고
새로운 감정을 만들어낼 수도 있습니다.

감정은 의지와 무관하게 일어나는 것이 아니라,
자신이 가진 뇌 속의 정보를 바탕으로
스스로 선택하는 것이기 때문입니다.
그것만 알아도 삶에서 큰 깨달음을 얻는 것입니다.

감정을 조절한다는 것이
감정을 사라지게 한다는 것은 아닙니다.
일어나는 감정을 바라보고

원하는 것을 선택한다는 뜻입니다.

매일 좋은 감정과 좋은 만남을 창조하기 위해
자신의 뇌에서 일어나는 감정을 바라보십시오.
감정도 선택할 수 있다는 것을 깨닫게 될 것입니다.

나는 누구인가?

스스로에게 그 질문을 할 때부터

새로운 삶이 시작된다.

마음의 생사

자신의 마음이 살아 있는지 죽었는지는
마음속에 꿈과 희망이 있는가 없는가에 달렸습니다.

피는 꽃마다 아름답다는 것을 느끼려면
매 순간 새로워져야 합니다.

마음에 근심이 차고, 감사함을 잃으면
꽃을 봐도 아름답지 않습니다.
가슴에 사랑이 충만할 때만이
아름다움을 느낄 수 있습니다.

과거의 기억이나 습관 때문에
온 마음을 다해 자신을 사랑하지 못한다면
모두 깨끗이 잊어버리십시오.

사랑하고 감사한 마음은
마음이 살아 있을 때 나오고,
마음이 살기 위해서는
스스로에게 친절해야 합니다.

탄력 있는 삶

사람은 태어나면서 사주팔자라는 각자의 패를 받습니다.
인생은 그 패를 가지고 게임을 하는 것과 같습니다.

자신에게 없는 패를 탓하면서
고민하는 사람이 있는가 하면,
있는 패를 감사히 여기며
어떻게 잘 쓸까 궁리하는 사람도 있습니다.

긍정적이고 감사하는 마음은 우리 삶에 탄력을 줍니다.
뇌의 균형을 잡아줍니다.
불평불만은 뇌의 균형을 깨트려
자신의 능력도, 자신의 패도 제대로 쓰지 못하게 합니다.
그러니 괜히 남의 패를 부러워하지 마십시오.

이미 정해진 패가 있다면
"나에게는 이런 패가 있어, 고마워."라고 말해보세요.
그 한마디가 우리 삶을 앞으로 나아가게 하고,
탄력 있게 만들어줍니다.

행복을 만드는 습관

'행복합니다, 사랑합니다, 신이 납니다' 등의 말은
삶에 활력을 불어넣고 우리를 변하게 합니다.

모든 정보에는 에너지가 담겨 있고
또 인간의 정보에는 암시성이 있어서
같은 정보를 계속 듣게 되면 그 정보대로 변해갑니다.

매일 아침 눈을 뜨면서부터 계속 스스로를 칭찬하세요.
스스로의 모든 장점을 찾아내어 칭찬하고
자신의 무한한 가능성을 힘껏 예찬해보세요.
그러면 거대한 변화가 일어날 것입니다.

스스로 강해져서 나쁜 정보를 접해도
빨리 좋은 정보로 대체할 수 있게 되어
나쁜 정보 때문에 스트레스를 받는 일이 적어지고
단점은 눈에 띄게 줄어들 것입니다.

스스로를 칭찬하여 '긍정은 힘이 세다'라는 것을 체험하고 나면
그때부터는 남을 칭찬할 수 있게 됩니다.

위기가 기회

목표를 정하고
그 목표를 이루기 위해 노력하는 과정에서
우리는 여러 가지 장애나 어려움을 만납니다.

그럴 때 '나는 항상 운이 없어!'
이렇게 부정적으로 생각하는 사람은
그 부정적인 정보의 노예가 되어
결국 장애를 극복하지 못합니다.

그러나 똑같은 상황에서도
'이건 내게 좋은 경험이자 배울 수 있는 기회야!'
이렇게 여유를 갖고 생각하면
힘들어도 자기 인생에서 좋은 경험이 되고
크게 성장할 수 있는 계기가 됩니다.

'위기가 기회'라는 말이 있습니다.
똑같은 정보가 주어졌지만
어떻게 받아들이느냐에 따라
그 결과는 하늘과 땅 차이가 날 수 있습니다.

감사

살다 보면 마음 상하는 일이 생깁니다.
사람 때문일 수도, 상황 때문일 수도 있습니다.
그런 감정에 매이다 보면
원망하는 마음이 일어나기도 하고
주눅이 들기도 합니다.

그럴 때 다시 힘을 내고 싶다면
감사할 일들을 찾아보세요.
밤새 아무런 사고 없이 오늘 아침에 눈을 뜬 것도,
자유롭게 숨을 쉴 수 있는 것도,
하늘을 볼 수 있는 것도,
두 다리로 뚜벅뚜벅 걸을 수 있는 것도
그저 감사한 일입니다.

감사하는 마음을 회복해야 에너지가 살아나고,
자신감과 기쁨도 생겨납니다.
감사에는 모든 것을 이치대로 회복시키는
생명 에너지가 있습니다.

그것을 인정하고 감사하는 마음을 키울 때
기운이 살아납니다.

자, 숨을 크게 한 번 들이마시고
길게 내쉬어보세요.
머리부터 발끝까지 몸 구석구석으로
새로운 생명의 기운이 퍼져 나갑니다.

늑대 이야기

인디언 마을의 추장이
어느 날 손자를 앉혀놓고 묻습니다.

"우리 마음속에는 선한 늑대와 악한 늑대가 사는데,
두 마리는 항상 서로 싸운단다.
어떤 늑대가 이길 것 같니?"

손자는 선한 늑대가 이길 것도 같고,
악한 늑대가 이길 것도 같아
선뜻 대답하지 못하고 할아버지에게 되물었습니다.
노인의 대답은 간단했습니다.

"우리가 먹이를 준 늑대가 이긴단다."

결국 밥을 준 늑대가 힘이 생긴다는 것입니다.
밥을 준다는 것은 그 모습을 인정하고 선택하는 것입니다.

우리는 어떤 일을 하고자 할 때면
긍정적인 이야기도 듣고 부정적인 이야기도 듣습니다.

두 마리의 늑대가 모두 자신에게 밥을 달라고 외치는 것입니다.
그때 어떤 늑대에게 밥을 주느냐에 따라
그 사람의 운명이 결정됩니다.

그 순간, 모든 선택권이 당신에게 있음을 기억하십시오.

가까워서 하지 못하는 말

살면서 꼭 필요한 말이지만
가까워서 하지 못하는 말이 있습니다.

감사해야 할 때 감사하지 못하고,
미안하다고 해야 할 때 미안하다 말하지 못하고,
어려움에 처했을 때 도와달라고 하지 못합니다.

서로의 마음이 소원해지고,
어긋나고, 상처가 생기기 전에
용기 내어 이야기해보는 건 어떨까요?

감사합니다.
미안합니다.
도와주세요.

용서

용서는
수용하는 마음입니다.

스스로가 강하지 않은 사람은
남을 용서할 수 없습니다.

용서할 수 있는 사람은
자기를 성찰하는 사람이고
겸손한 사람입니다.

용서할 일은
그냥 용서하십시오.

용서하지 못하면
거기에 발목이 잡혀서
한 발짝도 더 나아가지 못합니다.

그러니 누구보다 자신을 위해서
용서하십시오.

일이 막힐 때

일이 잘 풀리지 않을 때는
생각이 많아지고 복잡해집니다.
뇌 속 회로가 복잡하게 얽히고설키며
곳곳에서 충돌이 일어납니다.

번뇌와 집착도 많아집니다.
사소한 일에도 마음에 상처를 입어서
헛된 자존심을 지키다가 낭패를 보기도 합니다.
정작 중요한 일들은 그냥 넘기기 일쑤이고,
정리할 일들은 때를 놓치기 십상입니다.
하루면 해결될 문제를 며칠씩 끌기도 합니다.

모든 문제는 기운이 허해서,
에너지가 부족해서 생긴 것입니다.
그래서 평소에 걷기나 호흡을 통해
일상에서 에너지를 모으는 것이 중요합니다.
일이 막힐 때는 무조건 걸으세요.
발바닥에 의식을 집중하고 호흡을 느끼며 걸어보세요.

신선한 에너지가 몸 구석구석까지 흐르기 시작하면
의식은 명료해지고 사고는 단순해집니다.
걷다 보면 불필요한 생각들은 저절로 떨어져 나가고,
누군가에게 답을 구하지 않아도 스스로 답을 알게 됩니다.

스트레스 모드에서 힐링 모드로

인간의 뇌는 다른 생명체와 달리
기억이나 생각, 상상 같은 마음의 능력을 통해
물리적인 위협이 존재하지 않을 때에도
쉴 없이 스트레스를 만들어냅니다.

펜데믹처럼 감염병이 대유행하는 심각한 상황이 되면
더 많은 긴장과 스트레스 상황에 놓입니다.
스트레스 상황이 오래 지속되면
우리 몸은 스스로 에너지를 충전하고
손상된 부위를 복구할 여력이 없어집니다.

몸이 자연치유력을 회복하려면
뇌를 긴장과 응급 상태의 스트레스 모드에서
휴식과 충전을 위한 힐링 모드로 바꿔줘야 합니다.

가벼운 운동, 호흡, 명상을 통해
먼저 자신의 체온과 호흡을 느껴보세요.
몸에 집중하는 시간이 길어질수록
분주한 마음이 고요해지고 평정심을 찾게 됩니다.

자연치유력이 회복될 때,
몸과 마음의 균형을 찾을 수 있고
삶도 균형을 찾을 수 있습니다.

운명을 바꾸는 방정식

마음을 바꾸면 생각이 바뀌고,
생각이 바뀌면 행동이 바뀌고,
행동이 바뀌면 운명이 바뀝니다.

우선, 마음을 바꾸기 위해서는
받는 사람에서 주는 사람이 되어야 합니다.
남에게 주기엔 내가 많이 부족하다고 생각할 수도 있지만
우리는 이미 많은 것을 가졌습니다.

마음의 부자가 되는 길은
'무엇을 더 받을까?' 하는 생각에서
'무엇을 줄 수 있을까?' 하는 생각으로 바꾸는 것입니다.
그러다 보면 주위에 있는 성공의 에너지가
당신에게 다가올 것입니다.

집중과 집착

뭔가에 집중하고 있다고 생각하는 순간조차
실은 집착하고 있을 때가 많습니다.
무엇인가에 의식을 모은다는 점에서는
집중과 집착이 같습니다.
그러나 집중할 때는 의식이 목표를 향하고,
집착할 때는 욕심을 향합니다.
그래서 집중하면 감정이 사라지고
집착하면 감정이 따라오는 것입니다.

열심히 집중하고 있다고 생각하는 데도
마음이 조급하고 불안하다면,
집중이 아닌 집착일 수 있습니다.

그럴 때는 잠시 심호흡을 하며 욕심을 비우고
의식이 목표를 향하도록 노력해보세요.

최선을 다한다는 것

이 세상에서 확실한 것은 아무것도 없습니다.
가장 소중하고 값진 길은
스스로 선택해서 새로운 가치를 만들어내는 것입니다.

경험한 것을 자신 있게 해내는 것은
이미 자신감이 아닙니다.
해보지 않은 것, 배우지 않은 것을 처음 시도할 때가
바로 자신감이 필요한 순간입니다.

자신감은 하다 보면 생기는 것이지
처음부터 자신감이 있어서 하는 일이란 없습니다.
누구나 처음부터 잘 하는 사람은 없습니다.
무엇이든 계속, 꾸준히 할 때 좋아집니다.

정말 최선을 다한다는 것, 집중한다는 것은
젖은 수건에서 물을 짜내는 것이 아니라
마른 수건을 한 번 더 짜
거기서 하나의 물방울을 만들어내는 것입니다.

진실로 최선을 다하면
영혼이 자기 자신에게 감동합니다.
바로 그때 자신감이 생기고 뇌가 깨어납니다.

기도와 계획

간절히 원하는 것이 있지만
그것을 이루는 방법이 자신에게 없다고 느낄 때
우리는 기도가 필요하다고 생각합니다.

사실, 기도는 튼튼한 설계와 계획을 위한 것이며
좋은 결과를 얻기 위해서는 행동해야 합니다.
그래서 정말로 일을 잘 하려면
계획을 세우기 전에 기도하고
계획을 세웠으면 바로 행동에 옮겨야 합니다.

못이 잘못 박혔을 때
당신은 기도를 하겠습니까,
연장을 들고 와서 그 못을 빼겠습니까?

이처럼 살면서 기도해야 하는 순간과
계획을 세워서 행동해야 할 때가 따로 있습니다.
이를 잘 구분해서 실천했을 때
늘 무언가를 바라기만 하는 사람이 아닌
현실에서 꿈을 이루는 사람이 되는 것입니다.

허공과 하나 되기

우리 몸은 무한한 허공에 비하면
먼지처럼 작은 존재입니다.
하지만 마음은 허공 전체를 느끼고
그 허공을 넉넉히 감싸 안을 만큼 큰 존재입니다.

허공을 느끼는 가장 좋은 방법은
바르게 숨을 쉬는 것입니다.
한 호흡 한 호흡 의식적으로 숨을 쉬다 보면
존재의 근원이 내 몸이 아니라
허공에서 비롯한다는 사실을 이해하게 됩니다.

나라는 존재가 몸속에 한정되거나
살아 있는 동안에만 국한되지 않음을,
몸 밖에 있는 허공과 몸속의 허공이
서로 연결되어 있음을 직관적으로 알게 됩니다.

호흡을 통해 허공과 온전히 하나 될 때,
몸도 마음도 가장 편안한 상태에 머물 수 있습니다.

오늘이라는 선물

아침에 눈을 뜨고 새로운 태양을 본다는 것은
새로운 날을 창조할 수 있는 선물이 도착했다는 뜻입니다.

우리 생명은 언제 끝날지 보장받은 적이 없습니다.
당장 오늘이 될지, 몇 십 년 후가 될지 아무도 모릅니다.

오늘 하루가 언제 돌려줘야 할지 모르는
그런 선물이라면 어떻게 보내시겠습니까?
정말 후회 없이 잘 쓰고자 할 것입니다.

그렇다면 매일 하루를 시작할 때
자신의 영혼과 먼저 대화하기 바랍니다.

'나는 세상에서 가장 소중한 사람이다!'
'나는 오늘 하루를 어떻게 값지게 보낼 것인가?'

이렇게 선언하며 하루를 설계하고 보낸다면
매일 매일이 아름답고 찬란한 선물이 될 것입니다.

좋은 습관 만들기

습관을 잘 고치지 못하는 이유는
습관이 자기라고 믿기 때문입니다.
하지만 습관은 '내가 아니라 내 것'입니다.

습관 중에는 좋은 것도 있고
고쳐야 할 것도 있습니다.
중요한 것은 어떤 것이 건강에 좋고,
운명에 도움이 되며
더 나아가 가족과 이 사회에도
도움이 되는지 아는 것입니다.

그것을 알기 위해서는
자신의 마음을 볼 수 있어야 합니다.
그래서 '마음이 바뀌면 생각이 바뀌고,
생각이 바뀌면 행동이 바뀌고,
행동이 바뀌면 운명이 바뀐다'고 합니다.

자신의 마음을 알고 긍정적으로 쓰는 것이
좋은 습관을 만드는 공식입니다.

그냥 시작하세요

'시작을 어떻게 할까?' 이런 고민을 하면서
시간을 보내고 있습니까?

좋은 뜻으로 하는 좋은 일이라면 그냥 하십시오.
일단 시작하면 그 다음에는 뇌가 움직이고
뇌가 알아서 합니다.

우리는 뭔가를 배운 다음에 하려는 습관이 있습니다.

어머니의 자궁에서 열 달을 보내고 세상에 나올 때,
우리는 태어나는 기술을 배우지 않고도 그냥 나왔습니다.
지구는 태엽을 감지 않아도 수십 억 년을 잘 돕니다.
하늘의 법칙은 그냥 하는 것입니다.
이것이 자연의 섭리입니다.

이러한 섭리를 잊고
인위적으로 배운 것에 의존하고 행동하기 때문에
갈등이 생기고 혼란스러운 것입니다.
그냥 시작하는 습관, 그 속에서 우주의 지혜를 만나십시오.

쓰레기통 비우기

먹고, 입고, 자고, 일하는 동안
우리는 날마다 생활 쓰레기를 만들어냅니다.
그 쓰레기는 눈에 잘 보이기 때문에
그때그때 치우고, 줄이기 위해 노력합니다.

그런데 눈에 잘 띄지 않는 쓰레기가 있습니다.
일이든 관계든 뭔가가 잘 안 풀릴 때,
마음속에 쌓이는 미움, 슬픔, 짜증, 분노 같은 감정 쓰레기입니다.
이것은 차곡차곡 쌓여도 알아차리기가 쉽지 않습니다.

감정 쓰레기는 스스로를 어둡고 탁하게 만듭니다.
하루에 한 번, 잠자리에 들기 전에
호흡 명상을 하며 그날 쌓인 쓰레기는 그날 비워보세요.

쓰레기가 쌓여 악취를 풍기지 않도록
감정 쓰레기를 잘 비우는 것도
스스로를 사랑하고 힐링하는 방법입니다.

영혼의 나침반

인생은 이벤트입니다.
태어남과 죽음이라는 두 사건 사이에
수많은 이벤트가 끼어들어 인생이라는 대사건을 만듭니다.

우리는 그 이벤트의 기획자 겸 연출자입니다.
이 이벤트가 멋있으려면 기획이 탄탄해야 하고
기획이 바로 서야 연출도 제대로 할 수 있습니다.

인생이라는 이벤트의 기획안과 시나리오,
우리는 이것을 '꿈'이라 부릅니다.
꿈이 있는 사람은 자신이 직접 짠 기획안으로
주인공으로서 당당히 인생의 무대에 설 수 있습니다.
그럴 때 삶은 도전과 모험으로 가득 찬 멋진 이벤트가 됩니다.

그러나 꿈이 없는 사람은 누군가가 기획한 무대에
마지못해 올라가 멋쩍게 서 있다가 슬그머니 내려옵니다.
겉으로는 안전해 보여도 지루하게 견뎌야 할 의무만 남습니다.

꿈이란,
소중한 생명을 어떻게 사용할지에 대한 자기만의 대답이고,
끊임없이 움직이는 생명에 방향성을 제시하는
영혼의 나침반과 같습니다.

젊은이여, 꿈을 갖기 바랍니다!

숨

의식을 아랫배에 두면
숨은 절로 깊어집니다.
감사하는 마음, 기쁜 마음을 지니면
숨은 절로 가벼워집니다.

들이쉴 때 몸에 감사하고
내쉴 때 하늘에 감사하면
숨은 절로 깊어지고 가벼워집니다.
이것이 원래의 숨,
아주 자연스러운 숨입니다.

이런 자연스러운 숨을 쉬다 보면
어느새 숨을 쉬는 것조차 잊게 됩니다.

맑고 신선한 기운이
호흡을 따라 몸의 안팎을 드나들면서
숨도 잊고
자신도 잊고
그저 숨이 되는 것입니다.

이렇게 숨과 내가 하나가 될 때,
우리는 온전한 평화를 느낄 수 있습니다.

아침 명상

아침에 눈을 뜨면
조용히 앉아 호흡을 고르고
명상에 들어갑니다.

천천히 숨을 들이쉬고 내쉬면서
의식을 몸에 집중합니다.
생명의 리듬을 타고 내면으로 더 깊이 들어가면
내 몸과 주위를 나누는 경계가 사라집니다.

밝게 빛나는 빛의 알갱이,
생명전자 태양을 만납니다.
그 순간, 나와 자연이 완전히 하나가 되고
세상 만물을 향한 무한한 사랑과 책임감이
흘러나오는 것을 느낍니다.

오늘 내게 또 하루가 주어졌음에 감사하고
내게 허락된 이 생명을
무엇을 위해 어떻게 쓸 것인지
하루를 계획하고 기도합니다.

스스로 빛나는 태양처럼

밤하늘을 밝히는 달은
스스로 빛을 내지 못합니다.
태양의 빛을 받아야 빛날 수 있습니다.
그런데 태양은 스스로 빛을 내어
주변까지 환하게 밝힙니다.

스스로 빛나는 태양처럼
인간의 본성은 늘 환하게 빛나고 있습니다.
잠시 구름에 가려 보이지 않는다고 해서
그 빛이 사라진 것은 아닙니다.

스스로를 밝히고, 주위를 환하게 밝히는 태양처럼
스스로 빛나는 사람이 되기 바랍니다.
우리의 의식이 태양처럼 밝아질 때
몸의 주인, 마음의 주인, 뇌의 주인이 될 수 있습니다.

잠을 잘 자려면

밤에 음식을 먹지 마십시오.
잠자리에 들기 전에는 속을 비워야 합니다.

밤에 화를 내거나 슬퍼하지 마십시오.
잠자리에 들기 전에는 감정을 털어내야 합니다.

음식으로 위를 채우고,
감정으로 가슴을 메우고 잠자리에 든다면
당신의 아침은 무겁고 혼란스러울 것입니다.

자는 동안
뇌 속의 부정적이고 엉켜 있는 정보를 처리해야 할 에너지가
엉뚱한 일을 하는 데 쓰였기 때문입니다.

이른 아침에 눈이 저절로 떠지고,
머리가 맑고 몸이 가벼우며,
기분이 아주 상쾌하다면
당신이 잠든 사이에 정보가 제대로 처리된 것입니다.

잠자는 시간은 당신의 뇌가 영혼을 위해 일하는
아주 소중한 시간임을 기억하기 바랍니다.

여우와 지네

어느 날 지네를 만난 여우는
지네의 걸음이 하도 우스꽝스럽고 이상해서
골려 먹기로 작정했습니다.

여우가 지네의 걸음을 멈춰 세우고 물었습니다.
"지네야, 너는 발이 그렇게 많은데
어떻게 엉키지 않고 잘 걸어가니?
어느 발부터 먼저 움직이는 거야? 순서가 어떻게 돼?"

태어나서 이런 질문을 처음 받은 지네는
대답하려 했지만 도무지 알 수가 없었습니다.
자기 발을 보면서 순서를 찾아보려는 순간,
발이 엉키기 시작했습니다.
갑자기 어떻게 걸어야 할지 잊어버린 것처럼
걸으려고 하면 할수록 발이 점점 더 엉켜버렸습니다.

세상에는 부정적인 정보로
다른 사람을 혼란에 빠트리는
여우 같은 사람이 있는가 하면,

다른 사람이 건넨 정보에 휘둘려
자신의 가치와 자신감을 잃어버리는
지네 같은 사람도 있습니다.

여우나 지네 같은 사람이 되지 않으려면
무엇보다 자신을 믿고 사랑할 줄 알아야 합니다.
자신에게 도움이 되는 정보와 유해한 정보를 판단하고
정화하고 처리할 줄 알아야 합니다.
이는 뇌의 주인이 되는 과정이기도 합니다.

꿈이란

영혼의 나침반과 같다.

일출과 일몰 사이

해가 뜨고 지는 것을 자주 보는 사람은
누가 일러주지 않아도 생명의 순환에 눈뜨고,
그것에서 지혜를 얻습니다.

우주의 부산한 아침맞이에 동참하기 바랍니다.
하늘과 땅이 깨어날 때,
그 웅장하면서도 고요한 기척을 알아차리고
일어나 신성한 아침을 맞이하십시오.

일출과 일몰 사이,
하루를 존엄하고 위대하게 살아내기 바랍니다.

오늘 하루는 어제의 반복이 아닙니다.
오늘은 어제의 후회나 안타까움,
슬픔이나 좌절이 결코 침범할 수 없는
내가 새롭게 창조할 수 있는 신성한 시간입니다.

오늘은 새로운 날입니다.

오늘을 위대하게

마음을 활짝 열고
삶의 모든 경험을 받아들이십시오.

그 어떤 순간도 대충 살지 마세요.
슬픔과 고통의 순간마저도
위대하게 살아내세요.

인생의 길을 걷다 넘어지는 것은
결코 부끄러운 일이 아닙니다.
일어나서 다시 걸으면 됩니다.

당당하게 외쳐보세요.
삶의 기쁨과 슬픔,
내게로 오는 그 무엇이든
다 가치 있고 아름답게 만들겠다고.

차 명상

차를 마실 때는
입안에 한 모금을 넣고
세 번 정도 굴려 삼키면서
그 따뜻함이 목을 지나 내려오는 것을 느껴봅니다.
차의 온기와 맑은 에너지가
우리 몸과 마음을 채웁니다.

우리는 단순히 차를 마시는 것이 아니라
차의 따뜻함과 평화와 사랑을 마시는 것입니다.

그 다음에는 찻잔을 내려놓고
몸을 좌우로 움직이면서
찻물이 어디로 흘러가는지 느껴봅니다.
차는 우리 몸속에서 여행을 하고 있습니다.

볼에서, 코에서, 얼굴에서
차의 향기를 느껴봅니다.
목과 피부, 온몸에서
차의 향기와 에너지가 퍼져 나옵니다.

차 한 잔의 의미는
어떻게 받아들이는지에 따라 달라집니다.

차 한 잔이 우리에게
사랑과 평화를 줄 수 있고,
몸에 좋은 약이 될 수 있으며,
차 한 잔을 통해
우리는 자신과 사랑을 나눌 수도 있습니다.

몸의 메시지

몸의 감각이 살아나면
생명의 소중함을 알게 됩니다.
그 생명을 큰 뜻을 위해
마음껏 쓰고 싶은 의욕도 생깁니다.

몸을 무책임하게
함부로 다루는 습관을 주의해야 합니다.
단순히 먹고, 마시고, 잠자고,
배설하기 위한 몸이 아니라
아름다운 정신과 고귀한 영혼을 담은 몸으로
새롭게 바라보아야 합니다.

우리는 걷는 행위를 통해서도
몸과 만날 수 있고, 뇌와 대화할 수 있습니다.
몸에 집중해서 몸과 놀다보면
어느 순간 몸과 뇌가 하나로 만납니다.
바로 그때, 자신의 눈으로 세상을 바라보고
세상을 느낄 수 있습니다.

이렇듯 자신의 눈을 가질 때,
창의성도 발현됩니다.

내면의 힘

현실이 안정적이거나
편안하기만을 바라지 마십시오.
자기한테 무엇인가 있다고 생각되면
그것을 지키려 하고
현실에 안주하려 합니다.

남이 만들어준 기반 위에서는
진정한 자신을 찾을 수 없습니다.
물러설 곳도 없고
가진 것도 없다고 생각되는 그때
내면의 힘이 나옵니다.

남의 도움을 받을 수도 없고
이 문제는 오직 내가
해결해야 한다고 느꼈을 때
적극적이고 창조적인 힘이 나옵니다.
그것이 진정한 힘입니다.

가슴속에 천국 만들기

'내가 다른 사람에게 필요한 사람이구나!'
이렇게 느낄 때 우리는 행복합니다.

사람과 사람의 관계 속에서
서로의 필요를 느끼고,
상대에게 기쁨을 줄 수 있는 일은 많습니다.
간단하고 작은 것부터 시작하면 됩니다.

하루에 한 가지씩 유익한 일을 실천하고
세 번 이상 유익한 대화를 하면
주위 사람들에게 필요한 사람이 됩니다.

칭찬과 격려의 말은 마음을 따뜻하게 만들어서
우리 가슴이 살아날 수 있도록 도와줍니다.
그러면 그 속에서 천국을 만들 수 있습니다.

웃음을 다는 저울

'분명히 말했는데,
글을 써서 전했는데
왜 안 통할까?'

이런 답답함을 느껴본 적 있습니까?
원래 말과 글은 불완전합니다.
완전하지 못한 것에 너무 의존하면
상처받기 쉽습니다.
언어로 정보를 전달하는 데 한계가 있음을 인정하면
다른 수단을 찾아보려고 할 것입니다.

가장 아름답고 순수한 정보는 '에너지'입니다.
에너지는 언어의 한계를 넘어 주고받을 수 있고,
정보를 전달할 수도 있습니다.

'기쁨'은 말로 다 표현할 수 없고,
'웃음'의 무게를 잴 수 있는 저울은 없습니다.
우리는 에너지로 그것을 느끼고 전달할 수 있습니다.

서로 사랑하고 통할 때,
'기쁨, 행복, 슬픔' 같은 정보를 주고받을 수 있습니다.
분리되어 있고 서로 사랑하지 않으면
그런 정보를 주고받을 수 없습니다.

언어 없이도 주고받을 수 있는 그 진실은
사랑하면 다 알게 됩니다.

간절한 열망

병아리가 껍질을 깨고
세상 밖으로 나오려 할 때,
어미 닭은 밖에서 껍질을 쪼아줍니다.
세상 밖으로 나오고자 하는 병아리의 힘과
이끌어주고자 하는 어미 닭의 힘이 만나
새로운 세계가 열립니다.

누구나 가슴속에
병아리를 한 마리씩 키우고 있습니다.
그 병아리가 껍질을 깨고
세상으로 나오고자 안간힘을 쓸 때,
우리는 그것을 '열망'이라 부릅니다.

병아리가 껍질을 향해 온힘을 다해 달려갈 때,
저 밖에서 온힘을 다해 껍질을 쪼아주는 어미 닭이 있습니다.
그 두 힘이 '쾅!' 하고 부딪칠 때,
하나의 생명이 탄생합니다.
우리는 그 탄생을 깨달음, 혹은 통찰이라 합니다.

우리 안에 간절한 열망이 있을 때는
글 한 줄, 노래 한 소절,
길을 가다 마주친 낯선 사람조차
열망을 실현하도록 도와줍니다.
세상 모든 것이 어미 닭이 되어줍니다.

기본으로 돌아가기

인생에서 자신이 휘청거린다고 생각할 때는
무엇을 더 찾고 배우려 하기보다는
마음을 비우고 기본으로 돌아가야 합니다.

'나는 어떤 사람으로 살기를 원하는가?'
'내가 인생에서 가장 중요하게 생각하는
가치와 원칙은 무엇인가?'

이런 질문으로 돌아가서 답을 구해야만
다음 발걸음을 어디로 디딜지
방향을 찾을 수 있습니다.

오직 호흡뿐

우리 마음은 긍정적이든 부정적이든
수많은 생각들로 가득합니다.

생각이 과거에 머물면서 부정적일 때 '후회'라 하고,
긍정적일 때 '추억'이라 합니다.
생각이 미래에 머물면서 부정적일 때 '걱정'이라 하고,
긍정적일 때 '희망'이라 합니다.

명상은 지금 이 순간,
현재에 온전히 머무는 데서 시작합니다.

그러기 위해 필요한 것은
오직 호흡뿐입니다.

감정이라는 파도

감정은 인간의 생존에 필요한 뇌의 작용입니다.
두려운 감정 때문에 위험을 피하고,
불안한 감정 때문에 안전한 환경을 찾고,
분노의 감정 때문에 맞서 싸우는가 하면,
사랑의 감정 때문에 다른 사람을 보살피기도 합니다.

이렇게 감정은 없앨 수 있는 반응이 아니기에
자신의 감정을 무조건 억압하거나 무시하는 것은
우리 몸을 상하게 하고 관계를 그르치게도 합니다.

그래서 내가 내 뇌의 주인이라는 의식이 없으면
변화무쌍한 감정이 주인 노릇을 하게 됩니다.

그 감정을 다스리는 방법 중 하나는
일어나는 감정을 인정하고 조절하는 것입니다.
감정이 곧 내가 아니라는 사실을 알아야 합니다.

감정은 '나'라는 바다에 이는 파도일 뿐입니다.
분노, 불안, 두려움, 공포, 슬픔, 기쁨, 즐거움이라는

감정적 반응을 지켜보고 처리할 수 있도록
우리는 뇌의 주인이 되어야겠습니다.

꿈은 창조하는 것

"꿈을 갖고 싶은데,
꿈은 어떻게 해야 생기는 겁니까?"
이렇게 질문하는 사람들이 있습니다.

꿈을 가지려면 먼저 꿈을 갖기를 간절히 원해야 합니다.
너무 당연한 이야기처럼 들릴지 모르지만
꿈에 대한 열정이 없으면 꿈이 생길 리가 없기 때문입니다.

꿈은 자기 자신에 대한 사색과 고민을 통해 찾아집니다.
어떤 꿈을 가질지는 자신의 가슴에 물어보고
그 꿈을 어떻게 이룰지는 뇌에 물어보기 바랍니다.

꿈은 자신이 선택하고 창조하는 것입니다.
'내가 정말로 원하는 것이 무엇인가?
내 가슴을 희망과 기쁨으로 벅차게 하는 것이 무엇인가?
나는 무엇을 위하여, 어떻게 살고 싶은가?'
자신에게 진지하게 물어야 합니다.

세상에는 성공과 행복에 대한 온갖 좋은 말들이 넘쳐납니다.
그러나 그것은 다른 사람들의 말일 뿐입니다.
남의 생각, 남이 제시한 길을 그냥 따라 살지는 마십시오.

스스로 묻고, 스스로 선택하여
그 선택에 최선을 다할 때
가슴을 뛰게 하는 자신의 꿈을 가질 수 있고
그 꿈을 이루며 살 수 있습니다.

자오성

가을이 가면 겨울이 오듯이
우주의 법칙은 잔재주를 피우지 않습니다.
순수하고 고지식합니다.
그래서 하늘은 잔재주를 피우지 않는 사람을 사랑합니다.

양심을 가장 크게 좀먹는 것이 자기 정당화입니다.
사람들은 흔히 양심을 상식적인 차원에서 말하지만
양심을 지키기란 도道를 구하는 것만큼이나 어렵습니다.
그것은 하늘 앞에 순수하게 자신을 열어 보이는 것이며
자기 자신을 속이지 않는 용기와 진실함이 있어야
가능하기 때문입니다.

누구에게나 자오성自悟性*이 있습니다.
그 자오성을 믿고 양심을 밝히고 살아가면
밝기야 사람에 따라 조금씩 차이가 있겠지만
저마다의 색깔로 빛이 나고 향기를 자아내는
참 아름다운 사람이 될 것입니다.

*자오성 : 생명이 스스로 완성을 추구하는 성질

창조와 움직임

나는 매일 부지런히 움직입니다.
움직이면서 생각합니다.
그 과정에서 사람을 만나고,
호기심이 생기는 상황에 직접 뛰어듭니다.
끊임없이 움직이고 관계를 맺는 것은
그 속에서 창조가 일어나기 때문입니다.

행동하면서 느끼는 생각은 살아 있는 생각입니다.
준비가 다 되어 있지 않더라도
필요하다고 느끼면 일단 시작해보십시오.
많은 사람들이 자신이 준비되었는지 아닌지를 따지면서
그저 세월만 보냅니다.

필요하다고 느낄 때가
최적의 타이밍이자 기회입니다.
생각하기를 끝낸 후 움직이려 하지 말고
움직이면서 생각하는 습관을 갖기 바랍니다.

지구에 온 손님

과학기술의 발달로
인간이 이 세상의 주인인 듯 행동하지만
큰 착각입니다.
이 세상의 주인은 하늘과 땅, 자연입니다.
지구 환경입니다.

우리는 태양이나 공기 없이, 자연의 도움 없이
단 1초도 살 수가 없습니다.
99%를 지구 환경에 의지하면서도
인간이 지구의 주인인 것처럼 행세하며
지구를 파괴하고 오염시켰습니다.

우리는 이 지구의 주인이 아닙니다.
잠시 다녀가는 손님입니다.
우리는 지구에 온 손님으로서
지구에 감사하며
환경을 잘 보호하고
지혜롭게 공생해야 합니다.

삶을 수용하는 자세

우리 삶은 끊임없이 들고 나고,
오르고 내리는 순환의 연속입니다.
삶에서 무언가 더 새롭고 더 나은 것을 원한다면
이 삶의 순환에 저항해서는 안 됩니다.
숨을 내쉬어야만 다시 들이쉴 수 있는 것처럼
오래된 것을 내보내야만
새로운 것을 받아들일 수 있습니다.

인생에서 자신이 원하는 곳까지
높이 날아올라본 사람치고
낮은 곳에서 방황하는 시간을
거치지 않은 사람이 드뭅니다.
끊임없이 낡은 것을 내보내고,
집착하는 것을 내려놓고,
저항하는 대신 삶을 수용하며
그 모든 순환 과정을 온전히 받아들일 때,
그 속에서 우리는 자기 부정과 욕망 너머에 있는
고귀한 자신의 모습을 만날 수 있습니다.

지금 이 순간

지금 이 순간은
한 번도 경험하지 못한
새로운 시간입니다.

생각이 들어가지 않은
가장 순수한 시간,
가장 따끈따끈한 시간이
바로 지금입니다.

지금의 의미를 모르는 사람은
현재도 과거고,
미래도 과거이기 쉽습니다.

무언가를 새롭게 결심하고 다짐했다면
내일부터가 아니라,
다음 주부터가 아니라
바로 지금 시작하십시오.

창조는 찰나에 이루어집니다.
그 찰나의 주인이 되기를,
지금 이 순간의 주인이 되기를 바랍니다.

힘을 빼고 가볍게

반딧불처럼 반짝 하고 사라지는 것이 인생입니다.
흔히들 생명이 자기 것이라 생각하지만 그렇지 않습니다.
내 생명을 내가 선택할 수는 없으니까요.

생명은 그냥 주어진 것입니다.
보장되어 있지도 않습니다.
수많은 사건 사고들 속에서
어쩌면 오늘 내가 살아 있다는 것이 기적입니다.
그러니 자기 존재에 대해 무겁게 생각하지 마세요.
내가 결정할 수 있는 것도 아닌데
그냥 좀 가벼워지면 좋겠습니다.

물속에서 힘을 빼는 순간 부력을 느끼고
수영을 할 수 있는 것처럼,
힘을 뺐을 때 우리 영혼이 자유로울 수 있습니다.
그래야 과거에 얽매이거나 미래를 걱정하지 않고
현실을 두려워하지 않으며 앞으로 나아갈 수 있습니다.

힘을 빼고 가벼워졌을 때,
나 자신을 온전히 느낄 수 있고
주어진 생명에 진심으로 감사할 수 있습니다.

찰나보다 짧은 생

우리의 이번 생^{生}은 끝없는 영혼의 여정에서
아주 잠깐 들렀다 가는 간이역에 불과할지 모릅니다.
어쩌면 우리는 오래된 영혼들인지도 모르죠.
그 영혼에게 이번 생은
찰나보다 더 짧은 순간일 수도 있습니다.
이번 생의 앞뒤로 수많은 다른 생들이 있었는지,
또 있을지 우리는 알 수 없습니다.

우리가 인식할 수 있는 것은 오직 이번 생이며,
지금 이 순간밖에 없습니다.
그러니 지금 이 순간을 자각하며
최선을 다해 살아갈 뿐입니다.

인생 최고의 발견

우리는 모두 한때 어린아이였습니다.
그리고 언젠간 이 지구를 떠날 것입니다.
아무것도 가지지 않은 채 말입니다.
그것은 틀림없이 정해진 사실입니다.

이 세상에서 얻은 돈, 명예, 지식은
떠날 때 모두 놓고 가야 합니다.
멋지게 가꾸었던 몸이지만
머리카락 하나도 가져갈 수 없습니다.

그렇다면 세상을 떠날 때
가져갈 수 있는 건 무엇일까요?
바로 '나 자신'입니다.

많은 생각과 감정이 있지만 그것은 내가 아니며,
내 이름조차 진짜 나는 아닙니다.
이름이 있기 전부터 존재한 내가 있습니다.
이것을 아는 것이야말로 인생 최고의 발견입니다.

우리는 하나

나뭇가지에 대롱대롱 달려 있는
나뭇잎을 바라봅니다.
한 잎, 두 잎 크기도 다르고
색깔도 조금씩 다릅니다.

사람도 그렇습니다.
나뭇잎처럼 제각각입니다.
생김새도 다르고, 나이도 다르고,
생각하는 방식도 다르고, 좋아하는 것도 다릅니다.

하지만 시선을 조금만 넓혀보면
나뭇잎이 달린 가지가 보이고,
그 중심에 나무 몸통이 보입니다.
다시 아래로 쭉 내려가면 땅 속에서
하나의 뿌리로 만납니다.

나무가 그렇듯 우리도 지구라는 큰 뿌리에서 태어나
하늘을 지붕 삼아 살아갑니다.
나뭇잎처럼 서로 다른 개성을 갖고 있지만

하나에서 비롯한 존재라는 것을 알 때,
우리는 서로를 있는 그대로 받아들일 수 있습니다.
하나의 뿌리에서 나온 한 형제로서
남이 아닌 우리가 될 수 있습니다.

간절함에 관하여

인생을 살면서 간절하게 원하는 무언가가 생겼다는 것은
이제 당신의 삶이 새로운 변화를 맞이할
준비가 되었다는 신호입니다.

마음속에서 꿈이 움트기 시작했다면 놓치지 마십시오.
그 무엇과도 바꿀 수 없는 원대한 꿈,
누가 뭐라 해도 꼭 이루고 싶은 간절한 꿈,
밥을 먹지 않아도 배가 부른 꿈!

그런 꿈이, 그런 간절함이 생겼다면
한 발 한 발 내디뎌보세요.
간절함이 당신의 꿈을 키우고,
간절함이 참다운 변화를 이끌어냅니다.

끝없는 성장

끊임없이 낡은 것을 내보내고
집착하는 것들을 내려놓고
저항하는 대신 삶을 수용하는 법을 배우기 바랍니다.

삶의 모든 순환을 위대하게 살아내며
'나'라는 존재의 가장 깊숙한 곳으로 들어가세요.
그 속에서 자기 부정과 온갖 욕망을 넘어
고귀한 본래의 '나'를 만나세요.

삶에서 느끼는 고통과 괴로움은
삶의 순환을 온전히 받아들일 때만 줄어들 수 있습니다.
그리고 삶의 모든 장애에도 불구하고
우리는 끊임없이 성장하며 발전하고 있습니다.

번지점프

아무리 많은 정보를 가져도
그 정보 자체가 더 나은 삶을 보장해주지는 않습니다.
무엇이 나에게 필요하고 중요한 정보인지
판단하고 선택할 수 있는 지혜와 직관,
유연하고 통합적인 사고력과 결단력 없이는
정보의 진정한 주인이 될 수 없습니다.

번지점프의 유래를 아십니까?
번지점프는 남태평양의 어느 원주민들이 행하던
성인 통과의례였다고 합니다.
그들은 성인이 되면 번지라는 칡넝쿨로 두 다리를 묶고
두려움을 이기고 자신의 삶 속으로
뛰어들 준비가 되었다는 증거로
높은 나무 위에서 뛰어내렸다고 합니다.

나는 꿈을 가진 사람의 인생을 번지점프에 비유합니다.
꿈이 없으면 번지점프대에 올라설 이유가 없습니다.
생각만 많고 행동이 없다면 어떠한 창조도 일어나지 않습니다.

우리 안에는 언제나 자신이 생각하는 것보다
더 큰 내가 있습니다.
꿈을 가진 사람만이 더 큰 나를 향해
번지점프를 할 수 있는 것입니다.

우리 안에는 언제나

자신이 생각하는 것보다

더 큰 내가 있다.

꽃과 사람

꽃만 지는 것이 아닙니다.
사람의 목숨만 다하는 것이 아닙니다.
우주의 별도 수없이 태어났다 사라집니다.

우리 인간의 생명이 다하는 것이나,
꽃이 지는 것이나,
별이 스러지는 것이나
하나도 다를 게 없는 현상입니다.

그 모든 것은 하늘과 땅의 기운을 타고
한바탕 놀고 가는 생명인 것입니다.
그 이치를 아는 사람은
죽는 순간에 죽음 자체만을 보고
공포 속에서 떠나가는 것이 아니라
생명의 대순환을 자각하며
기쁨 속에서 눈을 감을 수 있습니다.

복 중에 제일 큰 복

사람이 가질 수 있는 복 중에 제일 큰 복은
존중받고 사랑받는 것입니다.
이러한 존중과 사랑은 바깥에서 오는 것이 아니라
자신에 대한 믿음과 사랑에서 시작됩니다.

사람들에게 존중과 사랑을 받지 못하고
하는 일마다 잘 안 된다고 느낀다면
그것은 분명 자신에게 원인이 있습니다.
감사할 줄 모르고 자존심과 자만심으로
살고 있기 때문일 것입니다.

항상 웃으며 진실하고 감사한 마음으로
예의 바르게 사람들을 대해 보십시오.
그리고 삶의 목표와 비전을 세우고
매일 스스로와의 약속을 지켜 보십시오.

인생에서 자신에 대한 존중과 신뢰,
사랑하고 사랑받는 법을 배우는 것보다
더 소중한 것은 없습니다.

인생의 길

우주적 관점에서 인간을 바라보면
시간과 공간 속에 잠깐 나타났다 사라지는 존재입니다.
한 인간과 파리 한 마리의 삶과 죽음은
무게가 다르지 않은 사건입니다.

그렇다면 인간은 허무한 존재인가?
인생에는 아무런 의미도 없다는 말인가?
결코 그렇지 않습니다.

우리는 누구인지 알 수 없는
어떤 존재로부터 인생을 선물받았습니다.
또한 그것을 온전히 자기만의 것으로 창조할 수 있는
무한한 선택의 자유도 함께 받았습니다.
우리는 그 무한한 능력으로 자신만의 인생을
원하는 대로 창조할 수 있습니다.

그렇기 때문에 우리는 허무한 존재가 아닙니다.
그러나 스스로 삶의 의미와 목적을 찾지 못한다면
우리에게 부여된 창조의 힘을 쓰지 못한 채

영원히 허무한 존재로 살아가게 될 것입니다.

인생의 마지막 길목에서
이런 질문을 받았다고 생각해보십시오.
'당신은 인생을 잘 살았는가?'
그때 당신은 무엇을 기준으로 답하겠습니까?

삶의 의미와 목적에 대한 자기만의 답을 찾길 바랍니다.
그것이 인생을 정처 없이 떠도는 '방황'이 아닌
'즐거운 여행'으로 만드는 가장 빠른 길입니다.

금상첨화의 날

우리 뇌는 입력하는 정보에 따라 반응합니다.

금상첨화, 천만다행, 유명무실, 백해무익
이 네 단어로도 뇌를 활용할 수 있습니다.

일과를 마친 후, 자신의 뇌에 물어보길 바랍니다.
나는 오늘 '백해무익' 혹은 '유명무실'하게 살지 않았나, 하고요.
그리고 별다른 일이 없었다면 '천만다행'이라 말해주십시오.

더 나아가 너도 좋고, 나도 좋고, 모두를 기쁘게 하는
하루를 보냈다면 바로 '금상첨화'라고 말해주십시오.

한 단어를 말할 때마다 기분과 삶의 자세가
달라지는 것을 느끼게 될 것입니다.

그 차이를 느꼈다면 내일 아침에는 일어나자마자
'오늘 나는 금상첨화의 날을 만든다!'라고 선언하십시오.
몸과 마음에 긍정적인 에너지가 무한히 창조될 것입니다.

장생에 대하여

장생長生이란
오래 사는 것만이 아니라
건강하고 행복한 삶을 창조하고
주위 사람들에게도 기쁨과 행복을 주는
삶을 말합니다.

그래서 장생이라고 하면
육체적인 삶과 더불어
영적인 삶까지도 포함합니다.

육체는 완성이 없지만
영혼에는 완성이 있습니다.
영혼의 완성을 이루며 건강하게 살다가
생의 마지막에 천화天化*하는 것,
이것이 바로 장생의 핵심입니다.

* 천화 : 영적인 인간 완성을 이룬 영혼이 생명의 근원을 따라 근본자리로
　　　돌아가는 것

영혼이 있는 사람

우리는 여러 가지 힘을 갖고 살아갑니다.
지식, 인맥, 권력, 재력…

이 세상에서 얻은 이러한 힘들은
자신의 영혼을 위해 쓸 때 가치가 있는데
대개 사람들은 무엇을 위해 써야 할지
잘 모르고 살아갑니다.

작은 힘이라도 그것을 나만이 아닌
지구 환경과 하늘, 땅, 사람,
모두를 유익하게 하는 데 쓰는 사람
그 사람이 바로 영혼이 있는 사람입니다.

영혼을 알지 못하는 사람들은
머릿속에 있는 지식과 정보로 살아갑니다.
하지만 영혼이 있다는 것을 깨닫는다면
모든 지식을 활용할 수 있는 능력이 생깁니다.

영혼이 없는 지식이나 힘은 아무 의미가 없습니다.
그리고 이 세상을 유익하게 하지 못합니다.

자, 이제 당신에게 묻겠습니다.
당신에게는 영혼이 있습니까?

신의

어떤 것을 평가하고 분별할 때
먼저 자신에게 묻기 바랍니다.
'나는 신의를 지켰는가?'

사회적으로 성공하기 위해서
중요한 것 중 하나가 신의信義입니다.
개인이나 조직이 버림받았거나 망했다면
먼저 신의를 지켰는지 돌아봐야 합니다.

인간관계뿐 아니라 하늘과 땅과의 관계에서도
가장 중요한 것이 신의이며, 그것은 거래의 바탕입니다.
신의가 없는 사람과 누가 거래하려 하겠습니까?

이 세상에 와서 신의 있는 사람으로
살다 가겠다는 그 기준만 세웠다면
설령 능력이 부족할지라도
그는 주변 사람들과 화합하고
이 지구와 조화를 이루며
성공할 가능성이 있는 사람입니다.

성공의 비결

누구나 한 번쯤은 아주 재미있는 일을 하다가
자기가 일을 하는지 안 하는지도 모를 만큼
몰두했던 기억이 있을 겁니다.
그렇게 일에 몰두해 있는 사람처럼
아름다운 모습도 없습니다.

성공의 비결은 단순합니다.
자기가 좋아하는 일, 재미있는 일을 붙들고
줄기차게 달려가는 것입니다.
나중에는 그 목표마저 잊어버리고
일과 하나가 됩니다.

원래 일은 다른 사람의 이목이 아니라
철저히 자기만족을 위해서 하는 것입니다.
아무리 사소한 일일지라도 정성을 다해
자기 일에 몰두할 수 있는 사람이라면
그 사람의 삶은 틀림없이 멋질 것입니다.

가슴이 살아야

마음 깊은 곳에서 진정으로
감사하는 마음이 우러나온다면
그는 가슴이 살아 있는 사람입니다.
하지만 매사에 감사하지 못한다면
그 사람의 가슴은 죽어 있습니다.

하루를 살면서 가슴 속에 감사함이 없다면
'내가 지독한 욕심쟁이였구나' 하고 인정하기 바랍니다.
그런 자신을 이해하고 사랑해주기 바랍니다.
감사함을 느끼지 못하는 것은
지혜가 부족해서가 아니라
욕심이 있기 때문입니다.

그런 자신을 인정하면 해결되지만
이를 부정하면 자신의 모습을 보지 못하는
어리석음에 갇힐 수도 있습니다.
그것을 인정할 때 감사하는 마음을 회복할 수 있습니다.

당신은 진정으로 감사할 수 있는 뜨거운 가슴이 있습니까?
이제껏 살아오면서 감사함이 부족했다면
오늘부터 더 많이, 더 자주 감사하기 바랍니다.
어떤 상황이 올지라도 기쁨과 감사함으로 맞이하세요.
그때 당신의 가슴이 살아날 것입니다.

할머니 손은 약손

할머니 손이 약손인 이유는
손주를 사랑하는 마음이 깊어서입니다.
사랑하는 사람과 손을 잡는 것만으로도
스트레스와 통증이 감소한다는 연구 결과가 있습니다.

사랑이 약입니다.
사랑이 약손을 만들고, 자연치유력을 높입니다.
아픈 사람을 안쓰러워하는 마음,
어서 낫기를 바라는 마음,
더 건강해지기를 기원하는 간절한 마음이
손에 치유의 힘을 실어줍니다.

할머니의 약손을 대신해
내 손으로 나를 힐링할 때도
같은 효과가 있습니다.
내 몸을 소중히 여기는 마음으로
정성껏 누르고, 두드리고, 쓸어주면
그 사랑의 에너지에 몸이 반응합니다.
사랑이 담긴 손이 약손입니다.

사랑의 힘

마음속에 사랑이 있지만
사랑을 표현하기가 쑥스러워
드러내기 어려워하는 사람들이 있습니다.

사랑은 우리 안에서부터 시작되기에
먼저 스스로를 귀한 사람이라고 생각하고
만나는 사람에게도 칭찬과 격려를 해주십시오.

사랑보다 위대한 것은 없습니다.
사랑으로 나를 구하고, 이웃을 구할 수 있으며,
이 세상을 행복하게 만들 수 있기 때문입니다.

이제 머뭇거리거나 주저하지 말고
마음속에 있는 사랑을 마음껏 표현해보세요.

미래를 창조하는 선택

우리는 매일매일 인생을 창조하고 삽니다.
그날 하루의 선택이 그날뿐만 아니라
인생의 운명을 바꿀 수도 있습니다.

아무리 인생을 열심히 살았다고 해도
한순간에 선택을 잘못하면 그 인생은
회복할 수 없는 상태에 빠질 수도 있습니다.

평생 적자 나는 인생을 살았지만
그날 누구를 만나 어떤 일을 했는지에 따라
적자인생에서 흑자인생으로 바뀔 수 있고,
게을렀던 인생이 아주 부지런한 인생으로 바뀔 수 있습니다.

오늘 하루 자신의 행동이
자기 운명에 어떤 영향을 줄지 생각해보세요.
우리는 매 순간 정신을 차리지 않으면 안 됩니다.
지금 이 순간, 우리의 선택이
바로 우리의 미래를 창조하기 때문입니다.

의식의 볼륨을 높여라

우리의 의식은 하루에도 몇 번씩
오르락내리락 하며 출렁거립니다.
아침 저녁이 다르며,
누구를 만나느냐에 따라 달라집니다.
그냥 두면 주변 상황에 끌려 다니기 쉽습니다.

그러니 자신의 의식 상태를
스스로 운전할 수 있어야 합니다.
의식이 떨어져 부정적으로 변하지 않도록
뇌의 주인, 몸의 주인이 되어
의식을 잘 관리해야 합니다.
음악을 들을 때 소리가 작으면 볼륨을 높이듯
행복의 볼륨, 건강의 볼륨을
스스로 설정하고 조절할 수 있어야 합니다.

고운 것은 둥글다

과거 문헌들을 보면 '곱다'라는 말은
'곱다' 즉 '고부라져 있다'에서 왔다고 합니다.
실제로 우리는 곧은 직선보다는
구불구불한 길이나 유려한 능선을 바라보면서
편안함과 아름다움을 느낍니다.

우리의 눈길을 끄는 자연의 아름다움 속에도
둥근 모양으로 존재하는 것들이 대부분입니다.
차고 기우는 달의 곡선도 그렇고
봄이면 다투어 피는 꽃들의 생김새도 그렇고
한복 저고리의 흐르는 선, 외씨버선의 날렵한 모양새
이 모든 것이 한결같이 둥글고 곱습니다.

그 유연한 곡선의 아름다움은
날 선 긴장이나 갑갑한 지루함을 몰아내고
사람의 마음을 편안함과 유쾌한 조화로움으로 채웁니다.

옛 어르신들은 자연과 물건뿐만 아니라
우리 삶의 모습 또한 모나거나 날카롭지 않은

둥근 자태, 둥근 말솜씨, 둥근 행실, 둥근 마음 씀씀이처럼
둥그런 원형이어야 한다고 하셨습니다.
고운 것은 둥글고, 둥근 것은
모든 생명을 조화롭게 만들기 때문입니다.

나와 저

'나'라는 말은
완전함, 자신감, 책임감의 뜻을 담고 있으며
아랫사람이나 동등한 사람 앞에서 씁니다.
'저'라는 말은
자신이 어리고 부족함을 인정하며
윗사람이나 존경하는 사람 앞에서 쓰는
겸손의 표현입니다.

'저'는 과정 중에 있고 유한하지만
'나'는 영원하고 완전한 존재입니다.
그래서 '참나'라고 하지, '참저'라고 하지 않습니다.
우리말은 이렇듯 의미가 있습니다.

이 세상에 올 때는 '저'로 왔지만
떠날 때는 완전한 '나'로 가는 것입니다.

나와 남

어째서 이 세상에
폭력과 파괴가 판을 치는지
깊이 생각해본 일이 있습니까?

남이 잘 되는 것을 보고
즐거워할 줄 아는 세상이 되어야 하는데
우리는 그런 세상을 만들지 못했습니다.
왜 그럴까요?
바로 '나'와 '남'을 구별해서 생각하기 때문입니다.

'남'이란 글자는
'나'를 'ㅁ'으로 닫아 '남'이 되는 것입니다.
나를 닫아놓는 사람한테는 모두가 다 남인 것입니다.

나를 닫은 사람, 나를 가둔 사람은
모두가 남이기에 남이 잘되면 배가 아픕니다.
반면에 나를 그대로 열어놓은 사람은
모두가 나이기 때문에
누구라도 잘되면 기뻐할 수밖에 없는 것입니다.

마음의 알맹이

말을 조금 길게 발음하면
'마알'이 되고, 이것을 다시 풀어보면
'마음의 알맹이'가 됩니다.

마음속에 어떤 생각을 담고 있느냐에 따라
말의 내용이 결정됩니다.
따라서 '말씀'은 '말을 쓰는 것'
곧 '마음의 알맹이를 쓰는 것'입니다.

당신은 평상시에 어떤 말을 쓰고 있습니까?
당신이 하는 말은 모두 당신 마음의 표현입니다.
항상 '괴롭다' '힘들다' '죽겠다'는 말을
입에 달고 살지는 않습니까?
그렇다면 당신의 마음이
그렇게 죽어 있고 힘들다는 뜻입니다.

우리말에는 '마음의 알맹이'를 어떻게 쓰느냐에 따라
모든 것이 창조되고 변화한다는 이치가 담겨 있습니다.
당신은 오늘 '마음의 알맹이'를 어떻게 쓰고 있습니까?

깨달음의 노래, 아리랑

어느 나라, 어느 민족에게나
그 민족의 영혼을 사로잡는 노래가 있습니다.
누가 언제부터 불렀는지는 알 수 없지만
우리는 '아리랑 민족'이라고 불릴 만큼
지구촌 어느 곳에 둥지를 틀고 살아가든
아리랑 노래만 나오면 가슴이 뭉클해지고 눈물이 고입니다.

아리랑 아리랑 아라리요
아리랑 고개를 넘어간다
나를 버리고 가시는 님은
십 리도 못 가서 발병 난다

많은 사람들이 아리랑을 연가戀歌로 잘못 알고 있습니다.
그러나 아리랑은 단순한 연가가 아니라
깊고 심오한 정신세계를 표현한 노래입니다.

'아리랑'의 뜻을 새기면
'나 아我' '이치 리理' ' 즐거울 랑朗'이 됩니다.
아리랑은 참나를 깨닫는 즐거움의 노래인 것입니다.

"참나를 깨닫는 즐거움이여, 참나를 깨닫는 즐거움이여!"

참나를 깨닫는 데에는 어려움과 고비가 따릅니다.
그 어려움과 고비를 '고개'라고 표현한 것입니다.
아리랑 고개를 넘어간다는 것은 참나를 깨닫기 위해
어려운 위기와 고비를 극복한다는 뜻입니다.

'나를 버리고 가시는 님'이란
참나를 깨닫기를 포기하는 사람을 말합니다.

'십十'은 동양에서 '완성'을 뜻합니다.
'십 리도 못 가서 발병이 난다'는 것은
인생의 목적인 완성을 이루지 못하고
장애가 생긴다는 뜻입니다.
참나를 깨닫기를 포기하는 사람은
완성을 이루지 못한다는 뜻입니다.

아리랑 속에는 깨달음과 인간 완성을 향한
순수한 열망이 녹아들어 있습니다.

여러 가지 가사나 가락으로 변형되어 전래되어 왔지만
인간의 진정한 의미와 삶의 가치가 담겨 있기에
수천 년 동안 우리의 입으로, 가슴으로 전래된 것입니다.

아리랑에는 깨달음이 있습니다.
아리랑에는 순수한 영혼에 대한 열망이 있습니다.
아리랑에는 한민족의 혼이 있습니다.
그래서 아리랑은 나와 당신, 우리 모두의 노래입니다.

당신 곁에 있는 바로 그 사람

우리 가슴속에는
누군가를 소중하게 여기고 싶은 마음과
배려하고 싶은 마음이 있습니다.
이러한 마음은 누구에게나 있지만
대부분 잘 표현하지 못합니다.

정말로 아끼고 존중해야 할 사람은
뭔가 특별한 사람이 아닙니다.
특별함을 찾으면서 분별만 하다 보니
기회를 잃은 채 많은 시간이 흘러버렸습니다.
이제 표현하고 싶고, 소중하게 아끼고 싶고,
존중하고 싶은 그 귀한 마음을 쓰십시오.

그 마음을 쓰면 자기 자신이 소중해지고
존중받는 사람이 됩니다.
분별하면서 특별한 사람을 찾지 마십시오.
지금 당신 곁에 있는 바로 그 사람이
가장 아끼고 존중해야 할 사람입니다.

젊음을 유지하는 비결

우리의 육체는
나이를 먹어감에 따라 늙어가지만
우리의 마음은 항상 이십 대를 유지할 수 있습니다.

스무 살 젊은이도
가슴에 열정이 사라져버렸다면
칠십 노인과 다를 바 없습니다.
하지만 나이가 칠십이 되어도
비전에 대한 뜨거운 열정과 희망이 있다면
그 사람은 이십 대인 것입니다.

가슴에 열정이 살아나야 합니다.
삶에 대한 목적이 있고 열정과 비전이 있다면
그 삶은 아주 아름다운 삶이 됩니다.

편안한 사람

편안하지 못한 사람은 남을 의식합니다.
함께 있어도 혼자 있는 것처럼 느끼게 해주는 사람은
정말 편안한 사람입니다.
제일 좋은 사람은 남을 편안하게 해주는 사람입니다.

혼자가 아닌 다른 사람과 있을 때
여러 가지로 제약이 많습니다.
긴장해서 눈을 편안하게 보는 것도 쉽지 않습니다.
눈과 눈을 편안하게 마주 볼 수 있다는 것은
마음이 하나가 됐다는 뜻입니다.

아이가 해맑은 눈으로 엄마의 눈을 보고 미소 지을 때
엄마는 가장 행복한 것처럼
거짓이 없을 때, 상대방을 정말로 사랑할 때는
서로의 눈을 편안하게 볼 수 있습니다.

편안한 사람들이
서로 서로 사랑을 꽃피울 수 있다면
그것이 사람들이 바라는 세상이 아닌가 생각합니다.

생명의 근원에 감사

현대인의 삶은
참으로 많은 것을 배우라고 강요받습니다.
사람들을 만나고, 컴퓨터를 사용하고
은행이나 지하철을 이용하는 것은 물론
노래하고 춤추며 노는 것까지 배워야 합니다.

그러나 생명을 유지하는 데 필요한 것은
배우지 않아도 되는 아주 단순한 것들입니다.
생명과 직결되는 심장박동, 혈압, 체온 등은
우리가 신경 쓰지 않아도 스스로 움직이며
일부러 배운 적도 없고
그래서 잊어버리지도 않습니다.
이러한 사실에 감사해본 적이 있나요?

편안할 때 자신의 호흡을 지켜보기 바랍니다.
숨을 쉬는 것이 얼마나 신비롭고 감사한지
생명이 누구의 것이며
그 근원이 어디인지 생각해보기 바랍니다.

잘 놀면 됩니다

2000년도 UN에 방문했을 때 많은 사람들로부터
지구의 환경 문제 및 국가간의 문제에 대한
해결 방법을 구하는 질문들을 받았습니다.
그 많은 질문에 대한 나의 답은 하나였습니다.
'잘 놀면 해결됩니다.'

정말 그렇습니다.
자기하고 잘 놀면 몸이 건강해지고,
국가와 국가가 잘 놀면 전쟁 문제가 사라지고,
있는 사람과 없는 사람이 잘 놀면 빈부 격차가 해소됩니다.
결국 이 세상의 모든 문제가
잘 놀지 못해서 생기는 것입니다.

그럼 왜 잘 놀지 못할까요?
그 이유는 간단합니다.
바로 욕심과 어리석음과 생각이 많아서입니다.

잘 놀려면 먼저 단순해져야 하고 마음을 열어야 합니다.
어린아이와 같이 순수한 마음으로

자신과 사회, 나아가 이 지구와 잘 놀아보십시오.
문제라고 생각했던 일들이 저절로 해결될 것입니다.

지구와 인간

인간의 몸은 지구와 비슷한 데가 많습니다.
지구에 오대양 육대주가 있듯이
우리 몸에도 오장육부가 있고,
지구에 산맥과 강과 들판이 있듯이
우리 몸에도 뼈와 혈관과 근육이 있으며,
지구에 나무가 있듯이
우리 몸에도 털이 있습니다.
태양과 달이 지구를 비추듯이
우리에게도 빛나는 두 눈이 있고,
별이 반짝이듯이 우리의 정신도 반짝이고 있으며,
우리 마음도 하늘을 닮아 한없이 넓어질 수 있습니다.
인간은 지구에서 나서 지구의 음식을 먹고 자라는
지구의 생명체이며, 지구의 자녀입니다.

자연은 싸우지 않아

자연은 싸우지 않습니다.
낮과 밤은 싸우지 않습니다.
태양과 달과 별도 싸우지 않습니다.
조화롭게 움직일 뿐입니다.

태양은 낮을 지배하고
달은 밤을 지배할 뿐
세력 다툼을 하지 않습니다.
그저 조화롭게 움직이며
공존하는 법을 보여줍니다.

우리는 평화로운 태양과 달의 공존 속에서
자연의 조화로움 속에서 살아갑니다.
자연은 말없이 우리를 가르칩니다.

죽음을 향해 가는 여행

우리 모두 언젠가는
죽음이라는 운명을 맞이하게 됩니다.
그러나 우리는 그 죽음이 아주 멀리 있다고 생각하고
크게 걱정하거나 조바심을 내지는 않습니다.
하지만 죽음은 멀리 있는 게 아닙니다.

인생은 죽음을 향해 가는 여행입니다.
나는 어떻게 살아왔는가?
내게 중요한 것은 무엇인가?
내 삶은 얼마만큼 가치가 있는가?
스스로에게 물어야 합니다.

자기 자신의 가치를
스스로 정하고 만들어서
의미 있는 죽음을 맞이할 때
우리는 이 지구에 온
진짜 목적을 달성하는 것입니다.

오늘을 위대하게

초판 1쇄 발행 2022년(단기 4355년) 11월 11일
초판 2쇄 발행 2022년(단기 4355년) 12월 12일

지은이 · 이승헌
펴낸이 · 심남숙
펴낸곳 · (주)한문화멀티미디어
등록 · 1990. 11. 28. 제 21-209호
주소 · 서울시 광진구 능동로 43길 3-5 동인빌딩 3층 (04915)
전화 · 영업부 2016-3500 편집부 2016-3532
http://www.hanmunhwa.com

운영이사 · 이미향 | 편집 · 강정화 최연실 | 기획 홍보 · 진정근
디자인 제작 · 이정희 | 경영 · 강윤정 조동희 | 회계 · 김옥희 | 영업 · 이광우